CATALOGUE DE LIVRES

SUR

LES ARTS & L'ARCHÉOLOGIE

COMPOSANT LA BIBLIOTHÈQUE

DE M. J. G*** DE P.

PEINTURE.—ARCHITECTURE.—GRAVURE.—OUVRAGES A FIGURES.
ARCHÉOLOGIE.—BIOGRAPHIE.—CATALOGUES DE MUSÉES.—CATALOGUES D'ART.
DESCRIPTIONS D'ESTAMPES ET TABLEAUX. ETC. ETC.

Dont la Vente aux enchères publiques aura lieu

Rue des Bons-Enfants, 28,

(SALLE SILVESTRE)

les Vendredi 5 et Samedi 6 décembre,

à 7 heures du soir

Mᵉ DELBERGUE-CORMONT, Commissaire-priseur,

AUGUSTE AUBRY, libraire, rue Dauphine, 16.

1862

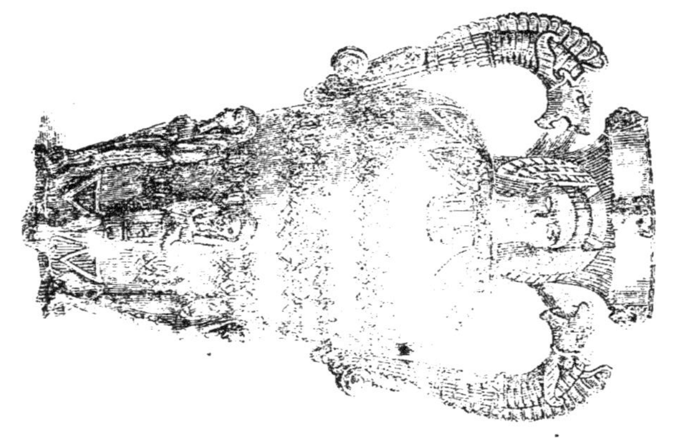

CATALOGUE DE LIVRES

SUR

LES ARTS ET L'ARCHÉOLOGIE

ORDRE DE LA VENTE.

1re Vacation.	Vendredi 5 décembre.	N°s 354 à 362
—	— —	— 297 — 353
—	— —	— 1 — 104
2e Vacation:	Samedi 6 décembre:	N°s 184 — 296
—	— —	— 105 — 184

CONDITIONS DE LA VENTE.

Les livres devront être collationnés sur place dans les vingt-quatre heures de l'adjudication. Passé ce délai, ou une fois sortis de la salle de vente, ils ne seront repris pour aucune cause.

Il sera perçu cinq pour cent en sus des adjudications.

Les ouvrages ne seront admis à rapport que dans le cas où ils seraient incomplets par enlèvement de feuillets, ou portion de feuillet emportant du t exte; ils ne seront pas repris pour taches, mouillures, piqures, déchirures ou autres défectuosités.

ON POURRA VOIR ET COLLATIONNER LES LIVRES LE MATIN DE CHAQUE VACATION, depuis une heure jusqu'à trois heures.

Nota. M. Aubry, libraire, se chargera des commissions des personnes qui ne pourront y assister.

PARIS.— IMPRIMÉ CHEZ BONAVENTURE ET DUCESSOIS, 55, QUAI DES AUGUSTINS.

CATALOGUE DE LIVRES

SUR

LES ARTS & L'ARCHÉOLOGIE

COMPOSANT LA BIBLIOTHÈQUE

DE M. J. G*** DE P.

PEINTURE.—ARCHITECTURE.—GRAVURE.—OUVRAGES A FIGURES.

ARCHÉOLOGIE.—BIOGRAPHIE.—CATALOGUES DE MUSÉES.—CATALOGUES D'ART.

DESCRIPTIONS D'ESTAMPES ET TABLEAUX. ETC. ETC.

Dont la Vente aux enchères publiques aura lieu

Rue des Bons-Enfants, 28,

(SALLE SILVESTRE)

les Vendredi 5 et Samedi 6 décembre,

à 7 heures du soir

Mᵉ DELBERGUE-CORMONT, Commissaire-priseur,
Rue de Provence 8.

AUGUSTE AUBRY, libraire,
Rue Dauphine, 16

1862

CATALOGUE

DE LIVRES

sur

LES BEAUX-ARTS

composant la

BIBLIOTHÈQUE DE M. J. G*** DE P.

Généralités.—Dictionnaires.—Polygraphes. Mélanges.

1. Alvin (L.). Compte rendu du salon d'exposition de Bruxelles. *Bruxelles,* 1836, gr. in-8, cart. *Nombreuses gravures et lithographies.*

2. Batteux. Les Beaux-Arts réduits à un même principe. *Paris, Durand,* 1746, in-12, v. f., tr. dor. *Vignettes d'Eisen.*

3. Beaux-Arts, 3 broch. in-8, rel. et br.

    Observations générales sur le salon de 1783, et sur l'état des arts en France, par L... P..., 1783. — Choix des productions de l'art au Salon de 1817, par G. de Saint-Germain.—Éloge de J.-J. de Boissieu, par Dugas-Montbel.

4. Boutard. Dictionnaire des arts du dessin, la peinture, la sculpture, la gravure et l'architecture. *Paris,* 1826, in-8 cart., n. rogn.

5. Chennevières et de Montaiglon. Archives de l'art français, recueil de documents inédits relatifs à l'histoire des arts en France. *Paris,* 1851-1858, 9 vol. in-8, br.

6. COMTE (F. LE). Cabinet des singularitez d'architecture, peinture, sculpture et gravure, ou Introduction à la connoissance des plus beaux-arts. *Paris*, 1699-1700, 3 vol. in-12, v. gr. 3 *frontispices gravés*.

7. CONSERVATOIRE des sciences et des arts, ou Recueil de pièces intéressantes sur les antiquités, la mythologie, la peinture, la musique, etc. Trad. de différentes langues. *Paris*, 6 vol. in-8, dem.-rel. *Planches*.

8. DELESTRE (J. B.). Études des passions appliquées aux Beaux-Arts. *Paris*, 1833, in-8, br.

9. DELPECH (M. S.). Examen raisonné des ouvrages de peinture, de sculpture et gravure, exposés au salon du Louvre en 1814. *Paris*, 1814, in-8, dem.-rel.

10. DEPERTHES (J. B.). Histoire de l'art du paysage, depuis la renaissance des Beaux-Arts jusqu'au xviiie siècle. *Paris*, 1822, in-8, br.

11. DEPERTHES. Théorie du paysage, ou considération sur les beautés de la nature que l'art peut imiter. *Paris*, 1818, in-8, bas.

12. DICTIONNAIRE de l'Académie des Beaux-Arts. *Paris*, *Didot*, 1858, petit in-4, or. *Planche* (*t. Ier, 1re part.*).

13. DIDEROT (D.). Œuvres publiées sur les manuscrits de l'auteur par J.-A. Naigeon. *Paris, an VIII*, 3 vol. in-12 v. rac. (t. XIII, XIV et XV.)
   Salons de 1765 et 1767.

14. DUBOS (l'abbé). Réflexions critiques sur la poésie et sur la peinture; nouv. édit. augmentée. *Paris*, 1733, 3 vol. in-12, dem.-rel. veau fauve.
   Bel exemplaire rel. par Lebrun.

15. DUCHESNE aîné. Voyage d'un iconophile, revue des principaux cabinets d'estampes, bibliothèques et musées d'Allemagne, de Hollande et d'Angleterre. *Paris*, 1834, in-8, br.

16. DUPLESSIS (G.). Mémoires et journal de J.-G. Wille, graveur du roi, publiés d'après les manuscrits autographes de la Bibliothèque impériale, avec une préface

par E. et J. de Goncourt. *Paris*, 1857, 2 vol. in-8, br.

17. ENCYCLOPÉDIE méthodique, Beaux-Arts. *Paris, Panckoucke*, 1788-91, 2 vol. de texte et 2 vol. de *planches*, in-4, cart.

18. FALCONET (E.). Œuvres d'Etienne Falconet, statuaire, contenant plusieurs écrits relatifs aux Beaux-Arts. *Lausanne*, 1781, 6 vol. in-8, br.

Important pour l'histoire de l'art.—Première édition.

19. FÉLIBIEN. Conférences de l'Académie royale de peinture et de sculpture, pendant l'année 1667. *Paris*, 1669, in-4, rel.

20. GAUTIER (Th.). Les Beaux-Arts en Europe (1855). *Paris*, 1855, 2 part. en 1 vol. in-12, dem.-rel.

21. JAL (A.). Esquisses, croquis, pochades, ou tout ce qu'on voudra, sur le salon de 1827. *Paris*, 1828, in-8, dem.-rel. v. r. *Figures*.

22. JEANRON (P. A.). Origine et progrès de l'art. Études et recherches. *Paris*, 1849, in-8, br.

23. LABORDE (le comte de). La Renaissance des arts à la cour de France (XVIe siècle). *Paris*, 1850, in-8, br.

24. LABORDE (le comte de). La Renaissance des arts à la cour de France. Études sur le XVIe siècle. *Paris*, 1850-1855, 2 vol. gr. in-8, br.

Peinture : t. I et additions. — Tiré à petit nombre, cet ouvrage important est devenu rare.

25. LABORDE (le comte de). Notice des émaux, bijoux et objets divers exposés dans les galeries du musée du Louvre. *Paris*, 1853, 2 vol. in-8, br.

1re *partie :* Histoire et descriptions ; 2e *partie :* Documents et glossaire.—Exemplaire sur gr. papier vélin fort.

26. LABORDE (le comte de). Notice des émaux, exposés dans les galeries du musée du Louvre. *Paris*, 1852, in-8, br.

1re *partie :* Histoire et descriptions.
Exemplaire en grand papier vergé de Hollande. (*Rare.*)

27. LACOMBE. Dictionnaire portatif des Beaux-Arts. *Paris*, 1759, in-8, v. mar.

27 *bis*. LACOMBE. Dictionnaire portatif des Beaux-Arts. *Paris*, 1766, in-8, v. mar.

28. LACROIX (P.). Annuaire des artistes et des amateurs. *Paris*, 1860, in-8, br. *Figures*.

29. LAFONT DE SAINT-YENNE (de). Sentiments sur quelques ouvrages de peinture, sculpture et gravure, écrits à un particulier en province. *S. l.*, 1754, in-12, dérelié.

30. LENOIR (A.). Histoire des arts en France, ou Descriptions chronologiques des statues en marbre et en bronze, bas-reliefs et tombeaux des hommes et des femmes célèbres, qui sont réunis dans ce musée. *Paris*, 1810, in-8, br.

31. LENORMANT (Ch.). Des Artistes contemporains; salons de 1831 et 1833. *Paris*, 1833, 2 vol. in-8, et *atlas de planches*, in-4, br.

32. LEPAGE (H). La Galerie des cerfs et le musée lorrain au palais ducal de Nancy. *Nancy*, 1857, in-12, dem.-rel. *Figures*.

33. LETTRE sur l'exposition des ouvrages de peinture, sculpture, etc., de l'année 1747. Et en général sur l'utilité de ces sortes d'expositions. *Paris*, 1747. *Frontispice gravé*. — Réflexions nouvelles d'un amateur des Beaux-Arts, adressées à Mme de *** pour servir de supplément à la lettre sur l'exposition des ouvrages de peinture, etc., 1747, in-12, dérelié.

34. MARSY (l'abbé de). Dictionnaire abrégé de peinture et d'architecture, *Paris*, 1746, 2 vol. in-12, v. mar.

35. MENGS. Opere di Ant. Raffaello Mengs, primo pittore della Maestà di Carlo III, re di Spagna, publ. da G. N. d'Azara, *Parma*, s. n., 1780, 2 vol, in-4, v. gr.

36. MENGS (A. Raphaël). OEuvres (trad. par Jansen). *Amst.*, 1781, in-8, br.

37. MENGS (A.-R.). OEuvres complètes, trad. de l'it. (par Jansen). *Paris*, 1786, 2 vol. in-4, v. rac. *Portrait*.

38. MILIZIA. De l'Art de voir dans les Beaux-Arts; trad. de l'italien par Pommereul. *Paris, an VI*, in-8, bas.

39. MILLIN (A. L.). Dictionnaire des Beaux-Arts. *Paris*, 1806, 3 vol. gr. in-8, dem.-rel.

Première édition de cet excellent recueil.

40. MOLÉ. Observations historiques et critiques sur les erreurs des peintres, sculpteurs et dessinateurs, dans la représentation des sujets tirés de l'histoire sainte. *Paris*, 1771, 2 vol. in-12, bas.

41. MONTAIGLON (Anat. de). Mémoires p. s. à l'histoire de l'Académie royale de peinture et de sculpture, depuis 1648 jusqu'en 1664, publ. pour la première fois par Anat. de Montaiglon. *Paris, Jannet*, 1853, 2 vol. in-12, rel. percal, r. n. rogn.

42. NOUGARET. Anecdotes des Beaux-Arts, cont. tout ce que la peinture, la sculpture, la gravure, l'architecture, la littérature, la musique, etc., et la vie des artistes, offrent de plus curieux et de plus piquant. *Paris, Bastien*, 1776-80, 3 vol. in-8. v. mar. *Aux armes.*

43. PEINTURE ET BEAUX-ARTS. 8 vol, in-12, rel.

Musées d'Allemagne de Viardot.—Les Beaux-Arts, par l'abbé Batteux.—Vies des architectes, par Félibien.—Le Spectacle des Beaux-Arts, par Lacombe.—L'Art de peindre, par Watelet.—Histoire des arts, par Monier.—Nouv. Recuil. historique d'antiquités, par Furgault.

44. PERNETY (A.-J.). Dictionnaire portatif de peinture, sculpture et gravure; avec un traité pratique des différentes manières de peindre. *Paris*, 1767, in-8, bas. *Planches.*

45. RECUEIL DE PIÈCES en 1 vol. in-8, dem.-rel.

Notice sur le modèle du monument choragique de Lysicrates, vulgairement connu sous le nom de Lanterne de Démosthène à Athènes. —Observ. sur le tort que font à l'architecture les déclamations hasardées et exagérées contre les dépenses qu'occasionne la construction des monuments publics, par Guillaumot. *Paris, an IX.*—Le Tableau des Sabines, par David.—Collection des chefs-d'œuvre de l'architecture des différents peuples, etc.

46. REVERONI-SAINT-CYR. Essai sur le perfectionnement

des Beaux-Arts, sur les sciences exactes, ou Calculs et hypothèses sur la poésie, la peinture et la musique. *Paris,* 1803, 2 vol. in-8, br.

47. Sobry (J.-F.). Poétique des arts, ou Cours de peinture et de littérature comparées. *Paris,* 1810, in-8, bas.

48. Travaux de la commission française sur l'industrie des nations, publié par ordre de l'Empereur, t. VIII. *Paris, I. I.,* fort vol. in-8, br.

49. Watelet. Dictionnaire des arts de peinture, sculpture et gravure. *Paris,* 1792, 5 vol. in-8, dem.-rel.

Géométrie.—Perspective.

50. Bosse (A.). Manière universelle de M. Desargues, pour pratiquer la perspective par Petit-Pied, comme le géométral. Ensemble les places et proportions des fortes et faibles touches, teintes ou couleurs. *Paris,* 1648, in-8, v. gr. *Titre gravé et planches.*

51. Bosse (A.). Moyen universel de pratiquer la perspective sur les tableaux ou surfaces irrégulières. *Paris,* 1653, in-4, v. br. *Frontispice et dédicace gravés. 31 planches.*

52. Bosse (A.). Traité des pratiques géométrales et perspectives. *Paris,* 1665, in-4, v. gr. *Frontispice et dédicace gravés. Planches.*

53. Dupain. La Science des ombres, par rapport au dessin. *Paris,* 1786, in-8, v. m. *Planches.*

54. Lespinasse (L. N.). Traité de perspective linéaire, à l'usage des artisans. *Paris,* 1801, in-8, dem.-rel. *Planches.*

PEINTURE.

Peinture à l'huile.—Peinture sur verre. Miniature.—Pastel.

55. ARTAUD DE MONTOR. Considérations sur l'état de la peinture en Italie dans les quatre siècles qui ont précédé celui de Raphaël. *Paris, 1811, in-8, br.*

Cet ouvrage est suivi du catalogue raisonné d'une collection de 150 tableaux des xii-xvᵉ siècles.
Intéressant et rare.

56. BALLARD. Traité de mignature pour apprendre aisément à peindre sans maistre. *Paris, C. Ballard, 1696, in-12, v. gr.*

57. BEYLE. Histoire de la peinture en Italie, par **M. B. A. A.** *Paris, P. Didot l'aîné, 1817, 2 vol. in-8, br.*

58. BLASON DES COULEURS (le), en armes livrées et devises, par Sicille, hérault d'Alphonse V, roi d'Aragon, publ. et annoté par H. Cocheris. *Paris, Aubry, 1860, pet. in-8, papier vergé, cartonné à l'anglaise. Orné du portrait de Sicille, gravé à l'eau-forte d'après une miniature du temps, et de nombreux blasons gravés dans le texte.* (Tiré à petit nombre.)

La rareté n'est pas le seul mérite de ce singulier ouvrage; on y trouve de curieux renseignements sur les livres et sur l'emblème des couleurs au moyen âge. Le chapitre intitulé : *Comment se doivent porter les couleurs selon les qualités des personnes*, est des plus instructifs, et l'on ne peut rencontrer rien de plus intéressant pour l'histoire du costume au moyen âge.

59. EOSSE. Le peintre converty aux précises et universelles règles de son art. Avec un raisonnement abrégé au sujet des tableaux, bas-reliefs et autres ornements que l'on peut faire sur les diverses superficies des bastimens, etc. *Paris, 1667, in-8, v. gr. Frontispice gravé (aux curieux de l'art).*

On y trouve quelques renseignements curieux relatifs à la querelle d'A. Bosse avec ses collègues de l'Académie.

60. CASTEL. L'Optique des couleurs. *Paris, 1740, in-12, v. gr. Planches.*

61. CHEVREUL (E.). Recherches expérimentales sur la peinture à l'huile. *Paris, F. Didot*, 1850, in-4, br.

62. CHIUSOLE. Delle arte pittorica libri VIII, coll' aggiunta di componimenti diversi del conte Chiusole di Roveredo. *In Venezia*, 1769, in-8, br. en carton.

63. DELÉCLUZE. Précis d'un traité de peinture cont. les principes du dessin, du modelé et du coloris, et leur application à l'imitation des objets et à la composition. *Paris*, 1828, in-16, dem.-rel. v. v.

Suivi d'une biographie des plus célèbres peintres, d'une bibliographie et d'un vocabulaire des termes techniques.

64. DÉLICES des maisons de campagne, appelées le Laurentin et la maison de Toscane. *Amst.*, 1736. *Planches.* — L'Idée du peintre parfait, pour servir de règle aux jugements que l'on doit porter sur les ouvrages des peintres. *Amst.*, 1736. *Frontispice gravé.* 1 vol. in-12, v. gr.

Attribué à Parfaict.

65. DU FRESNOY. L'Art de peinture, trad. en françois, par De Piles. *Paris*, 1783, in-12, v. m.

66. ÉCOLE de la miniature dans laquelle on peut aisément apprendre à peindre sans maître, avec le secret de faire les plus belles couleurs, l'or bruny et l'or en coquille. *Paris, C. Ballard*, 1673, in-12, v. gr.

Attribué à Ch. Ballard.— Édition originale.

67. ESCOLE de la miniature, dans laquelle on peut aisément apprendre à peindre sans maître, etc. *Rouen*, 1724, in-12, vél.

68. ÉCOLE (l') de miniature, ou l'Art d'apprendre à peindre sans maître (par Ballard). *Paris*, 1769.— Réflexions critiques sur les différentes écoles de peinture (par le M. d'Argens). *Paris, Rollin*, 1752. En 1 vol. in-12, vél. v.

69. ECOLE (l') de la miniature, ou l'Art d'apprendre à peindre sans maître. *Paris*, 1782, in-12, v. mar.

70. EMÉRIC-DAVID (T. B.). Histoire de la peinture au

moyen âge, suivie de l'histoire de la gravure, du discours sur l'influence des arts du dessin, etc. *Paris,*
1842, in-12, dem.-rel. v. ant.

71. GABET (Ch.). Dictionnaire des artistes de l'Ecole
française au XIXe siècle, peinture, sculpture architecture, gravure, dessin, lithographie et composition
musicale. *Paris,* 1831, in-8, dem.-rel.

> *Ex libris* Gault de Saint-Germain, augmenté d'un supplément
> inédit.—Manuscrit de 71 pages.
> *On lit sur la garde:* Le présent Dictionnaire étant incomplet, voyez
> mon supplément, page 74, et le Nécrologe, page 53, de ce même
> supplément. Classez cet ouvrage parmi mes manuscrits. *Gault de
> Saint-Germain.*

72. GAULT DE SAINT-GERMAIN. Traité de la peinture,
de Léonard de Vinci, précédé de la vie de l'auteur et
du catalogue de ses ouvrages. *Paris,* 1803, fort vol.
in-8, br. *Portrait et figures gravées d'après les ori-
ginaux du Poussin et d'autres grands maîtres.*

73. GAULT DE SAINT-GERMAIN. Guide des amateurs de
peinture (école italienne), ou Hist. et procès-verbaux
des auteurs, des collections générales et particulières,
des magasins et des ventes. *Paris,* 1835, in-8, dem.-
rel. v. ant.

74. GIOBERT. Traité sur le pastel et l'extraction de son
indigo. *Paris, imp. impériale,* 1813, in-8, br. *Pap.
vélin. Planches.*

75. HAGEDORN. Lettre à un amateur de la peinture avec
les éclaircissements hist. sur un cabinet et les auteurs
des tableaux qui le composent. *Dresde,* 1755, in-8,
v. gr. *Frontispice gravé par P. Hutin.*

> Livre estimé et rare.

76. HAGEDORN (de). Réflexions sur la peinture; trad. de
l'all. par Hubert. *Lepzig,* 1775, 2 vol. in-8, bas.

77. LABARTE (J.). Recherches sur la peinture en émail
dans l'antiquité et au moyen âge. *Paris,* 1856, in-4.br.
Accompagné de planches en chromolithographie.

78. LAFONT DE SAINT-YENNE (de). Réflexions sur quelques causes de l'état présent de la peinture en France.
La Haye, 1747, in-12, non. rel.

79. LAIRESSE (G. de). The Art of painting in all its branches, methodically demonstrated by discourses and plates and exemplified by remarks on the paintings of the best masters, etc., translated by J. F. Fritsch. *London*, 1738, in-4, dem.-rel. *Figures bien gravées.*

Cet ouvrage a eu une édition en 1778, mais les gravures originales de celles-ci la font rechercher de préférence.

80. LANGLOIS (E.-H.). Essai hist. et descriptif sur la peinture sur verre, ancienne et moderne, et sur les vitraux les plus remarquables de quelques monuments français et étrangers. *Rouen, E. Frère,* 1832, in-8, dem. rel., v. v.

Cet ouvrage est suivi de la biographie des plus célèbres peintres verriers et orné de sept planches dessinées et gravées au trait par Mlle E. Langlois.

81. LE VIEL. Essai sur la peinture en mosaïque. *Paris,* 1768, in-12. v. mar.

On trouve. à la fin du volume, un *Traité ou Essai sur la mosaïque,* par Pingeron, manuscrit d'une calligraphie fort bien exécutée

82. MONTAMY (d'Arclais de). Traité des couleurs pour la peinture en émail sur la porcelaine. *Paris,* 1765, in-12, br.

83. PEINTURE. 4 ouvrages réunis en 1 vol. in-12 v. mar.

Principes abrégés de peintures, par M. F. Dutens. *Tours,* 1779. —L'Ecole de la miniature, ou l'Art d'apprendre à peindre sans maître. *Paris,* 1769.—L'Art de graver au pinceau, par Stapart. *Paris,* 1773. —L'histoire et le secret de la peinture en cire.

84. PEINTURE. Trattenimenti sulla pittura, o sia verissima maniera di diventar pittore in tre sole ore e di esequir col pennello le opere de migliori maestri senza avere imparato il disegno. Trad. dal francese. *Venezia,* 1767, in-8, dem.-rel.

85. PILES (R. de). Conversations sur la connoissance de la peinture, et sur le jugement qu'on doit faire des tableaux. *Paris,* 1677, in-12, v. gr. *Titre gravé.*

86. PILES (de). Cours de peinture par principes. *Paris,* 1771. *Frontispice.* — Éléments de peinture pratique. Nouv. édit. entièrement refondue, par Ch.-A. Jom-

bert. *Amst. et Lepzig,* 1776. *Planches,* 2 vol. in-12,
v. mar.

87. PILES (de). Recueil de divers ouvrages sur la peinture
et le coloris. *Paris,* 1775, in-12, v. mar.

88. VIEIL (le). Art de la peinture sur verre, et de la
vitrerie. In-4, dem.-rel. mar. rouge. *Planches.*

89. VINCI (Léonard de). Traité de la peinture, *Paris,
an IV,* in-8, bas.

90. VINCI (Léonard de). Traité élémentaire de la peinture. *Paris,* 1803. in-8, v. viol. *Portrait.*

    Avec 58 figures d'après les dessins originaux de Le Poussin.

91. WATELET. L'Art de peindre. Poème. [*Paris,* 1760,
in-12. v. mar. *Frontispice gravé.*

    Dans le même vol. : Réflexions critiques sur les différentes écoles
de peinture, par le marquis Dargens. *Paris,* 1752.

92. WATELET. L'Art de peindre ; nouv. édit., augm. de
deux poèmes sur l'art de peindre de Du Fresnoy et
de de Marsy. *Amst.,* 1761, in-12, v. porph. *Frontispice gravé. (Bel ex.).*

Architecture et sculpture.

93. BLAVIGNAC (de). Histoire de l'architecture sacrée du
IVe siècle au x^o dans les anciens évêchés de Genève,
Lausanne et Sion, 1853, in-8 de 400 p., avec *fig. et
atlas* in-4 obl. de 74 *pl.*

94. BLONDEL. Cours d'architecture, ou Traité de la
décoration, distribution et construction des bâtiments ;
cont. les leçons données en 1750 et les années sui-
vantes ; par J. F. Blondel, dans son école des arts,
publié de l'aveu de l'auteur par R***. *Paris,* 1771.
9 vol. in-8, dont 3 de *planches,* v. rac.

    Les deux derniers vol. du texte et le troisième des planches de
cet ouvrage sont de P. Patte, *Bon exemplaire.*

95. BUZONNIÈRE (de). Histoire architecturale de la ville
d'Orléans. *Orléans,* 1849, 2 vol. in-8, br.

96. DUMONT. Parallèle de plans des plus belles salles

de spectacles d'Italie, avec des détails de machines théâtrales. *Paris*, in-f°, cart. 26 *planches*.

97. Falconet (Et.). Réflexions sur la sculpture, lues à l'Académie royale de peinture et de sculpture, le 7 juin, 1760. *Amst.* 1761, in-12 dérelié.

98. Lenoir (A.). Description historique et archéologique des monuments de sculpture réunis au musée des monuments français. *Paris, an V*, in-8 br.

99. Lenoir (A.). Description hist. et chronol. des monuments de sculpture, réunis au musée des monuments français. *Paris, an VIII*, in-8, dem.-rel.

100. Lenoir (A.). Description hist. et chronologique des monuments de sculpture, réunis au musée des monuments français. *Paris, an X*, in-8, br.

101. Ramée (D.). Manuel de l'histoire générale de l'architecture chez tous les peuples et particul. de l'architecture en France au moyen âge. *Paris, 1843, 2 vol.* in-12, br. *Figures*.

T. I, Antiquité; t. II, Moyen âge.

102. Schayes (A. G. B.). Histoire de l'architecture en Belgique. *Bruxelles*, 4 t. en 2 vol. in-12, dem.-rel. v. v. *Figures dans le texte*.

103. Viollet-le-Duc. Dictionnaire raisonné de l'architecture française du XI au XVIe siècle. *Paris, 1854*, in-8, br. (t. 1er). *Nombreuses figures dans le texte*.

104. Winckelmann. Remarques sur l'architecture des Anciens. *Paris, 1783*, in-8, br. *Planche*.

Gravure.

105. Antoine Vérard. Des Gravures en bois dans les livres d'Anthoine Vérard, maître imprimeur, enlumineur et tailleur sur bois, de Paris (1485-1512), par J. Renouvier. *Paris, 1859*, cart. *Papier teinté*.

Impression faite à Lyon, par L. Perrin.—Tiré à petit nombre et orné de deux planches gravées en bois, représentant la danse des morts.

106. BARTSCH (Ad.). Le Peintre-graveur. *Vienne*, 1803, 3 vol in-8, dem.-rel. (T. I, II, III.)

107. BONNARDOT. Histoire artistique et archéologique de la gravure en France. *Paris*, 1849, in-8, br.

Cont. des dissertations sur l'origine, les progrès et les divers produits de la gravure, la liste des graveurs français et étrangers, etc.

108. BOSSE (A.). De la Manière de graver à l'eau-forte et au burin, et de la gravure en manière noire. *Paris*, 1746, in-8, v. m. *Planches.*

109. BRULLIOT (F.). Dictionnaire de monogrammes, chiffres, lettres, initiales et marques figurées sous lesquels les plus célèbres peintres, dessinateurs et graveurs ont désigné leurs noms, etc. *Munich*, 1817, 3 part. en 1 vol. in-4, dem.-rel.

Excellent ouvrage, accompagné de nombreuses planches représentant les marques et monogrammes usités par les hommes célèbres dont il est fait mention dans cet ouvrage et dont on trouve une table alphabétique de leurs noms.

110. DUPLESSIS (G.). Histoire de la gravure en France, *Paris*, 1861, in-8, br.

L'auteur a joint à son ouvrage une table alphabétique des noms de graveurs qu'il y mentionne.

111. DUPLESSIS (G.). Le Livre des peintres et graveurs, par M. de Marolles. *Paris, Jannet,* 1855, in-12, cart. percal. r.

112. JANSEN. Essai sur l'origine de la gravure en bois et en taille-douce, et sur la connaissance des estampes des XVe et XVIe siècles, où il est parlé de l'origine des cartes à jouer et des cartes géographiques. *Paris*, 1808, 2 vol. in-8, dem.-rel. v. ant.

Savant ouvrage accompagné de 20 planches, fac-simile d'estampes anciennes.

113. MUSSEAU, de Nantes : — Manuel des amateurs d'estampes, par J. C. L. M. *Paris*, 1821, in-12, dem.-rel.

Petit volume qui contient : une notice sur la gravure et des conseils aux amateurs pour former une bonne collection; un index des principaux graveurs et amateurs, avec les différentes manières de graver; un catalogue abrégé des meilleurs pièces des bons graveurs, avec leurs prix dans les ventes publiques ; et enfin des procédés pour nettoyer les estampes.

114. PETITY (l'abbé de). Manuel des artistes et des amateurs. *Paris*, 1770, 4 vol. in-12, dem.-rel.

115. SIMON VOSTRE. Des Gravures sur bois dans les livres de Simon Vostre, libraire d'heures, par J. Renouvier, avec un avant-propos par G. Duplessis. *Paris*, 1862, in-8, papier teinté. cart.

> Tiré à petit nombre.—Cette publication sort des presses de Perrin ; elle est enrichie de deux belles planches gravées en bois, et de fleurons dans le style du xvie siècle.

116. STAPART. L'Art de graver au pinceau. *Paris*, 1773, in-12, bas.

117. XYLOGRAPHIE DE L'IMPRIMERIE TROYENNE pendant le xve, le xvie, le xviie et le xviiie siècle, précédée d'une lettre-introduction du bibliophile Jacob, publiée par Varusoltis (Varlot), de Troyes. *Paris, Aug. Aubry*, 1859, pet. in-4. (*Tiré à très-petit nombre.*) Réunion de 571 bois gravés, employés pendant la période de trois siècles par les imprimeurs de la ville de Troyes.

Estampes.—Ouvrages à figures.

118. ALBUM de portraits de femmes pour l'illustration des œuvres de Walter Scott, gr. in-8, dem.-rel.

119. AMICI (Domenico). Raccolta di trenta vedute degli obelischi, scelte fontane, e chiostri di Roma. Disegnate dal vero ed incise in rame da D. Amici Romano. *Roma*, 1839, gr. in-fol. br.

> Très-bien gravé et beau d'épreuves.

120. ARTAUD DE MONTOR. Peintres primitifs, collection de tableaux rapportée d'Italie. *Paris*, 1843, in-4, dem.-rel. mar. r. 60 *planches*.

121. BRITTON (J.). Graphical and literary illustrations of Fonthill abbey, Wiltshire ; with heraldical and genealogical notices of the Beckford family. *London*, 1823,

gr. in-4, cart. *Planches, dont une imprimée en couleur.*

122. CARRACCI (A.). Diverse figure da Annibale Carracci, per utile di tutti li virtuosi e intendente, della professione della pittura, e del disegno. *In Roma, s. d.*, in-fol. cart.

> Collection de dessins à la plume; gravés à l'eau-forte par S. Guilino ; suivie de la liste des noms des artistes de la ville de Bologne représentés par le célèbre peintre Carracci.

123. CASTELLAN (A. L.). Fontainebleau. Etudes pittoresques et historiques sur ce château, considéré comme l'un des types de la renaissance des arts en France au XVIᵉ siècle. *Paris*, 1840, gr. in-8, br. *Orné de 85 planches gravées à l'eau forte par l'auteur.*

124. CLARAC (le comte de). Description historique et graphique du Louvre et des Tuileries, précédée d'une notice biog. sur l'auteur, par A. Maury. *Paris, I. I.* 1853, gr. in-8, br. *24 planches.*

125. COLLECTION de 44 portraits des plus célèbres peintres, gravés à l'eau forte, en 1 vol. in-4, cart.

126. DANTE. Composition de J. Flaxman concernant la divine comédie du Dante. *Carlsruhe*, 2 liv. in-8, cart.

> Enfer et Purgatoire; texte italien accompagné des traductions française, anglaise et allemande.

127. DESTIGNY (J.-F.), de Caen. Revue poétique du salon de 1840, in-4, dem.-rel., v. vert.

> Portrait de l'auteur et 24 belles lithographies représentant les principaux tableaux.

128. FISHER's drawing room scrap-book, 1836. By L. E. L. *London*, in-4, rel. en percal. br., tr. dor. *Figures.*

129. FLAXMAN. Œuvres de Flaxman, gravées au trait, *Paris, Bance*, 4 parties in-fol. obl., br. 268 *pl.*

> Iliade d'Homère, 34 planches.—Odyssée, 29 pl.—Les tragédies d'Eschyle, 31 pl.—Les jours et la théogonie d'Hésiode, 37 pl.

129 *bis.* FRARY (A.). Monuments de sculpture, peinture, architecture, etc., d'Avignon, du comtat Venaissin et des villes circonvoisines, avec texte explicatif. *Paris*, 1838, in-4, dem.-rel. *Planches.*

130. GALEMBERT (de). Mémoires sur les peintures murales de l'église Saint-Mesme de Chinon. *Tours*, 1855, br. in-8, *Planches*. (Envoi d'auteur).

131. GALERIE FRANÇAISE, ou Collection de portraits des hommes et des femmes qui ont illustré la France dans les XVIᵉ — XVIIIᵉ siècles ; par une société d'hommes de lettres et d'artistes. *Paris*, 1823, in-4, br. *Portraits et fac-simile*. T. III.

132. GÉRARD (F.). L'Amour, suite de 6 *planches* gravées par Potrelle d'après Gérard, avec texte. In-fol. obl. cart.

133. GIACOMELLI. Sujets tirés des tragédies de Sophocle, dessinés et gravés par Giacomelli. *Paris, Bance*, 1827, in-fol., br. 18 *planches*, avec explication.

134. GIRODET-TRIOSON. Œuvres posthumes, suivies de la correspondance, précédées d'une notice hist., et mise en ordre ; par P. A. Coupin. *Paris*, 1829, 2 vol. gr. in-8, cart., n. rog. *Portrait et figures sur Chine*.

135. GIRODET. Anacréon. Recueil de compositions dessinées par Girodet, et gravées par Chatillon, avec la traduction en prose des odes de ce poëte, faite également par Girodet ; publ. par Becquerel et Coupin. *Paris*, 1825, pet. in-fol. dem.-rel. mar. r. n. rog. *Figures au trait sur chine*.

136. GIRODET. Les Amours des dieux. Recueil de compositions dessinées par Girodet, et lithog. par Aubry le Comte, Chatillon, Counis, etc., avec un texte explicatif rédigé par P. A. Coupin. *Paris*, 1826, in-fol. dem.-rel. m. rou. *Figures sur Chine*.

137. GIRODET. Sapho, Bion, Moschus. Recueil de compositions dessinées par Girodet et gravées par Chatillon, avec la traduction en vers, par Girodet, de quelques-unes des poésies de Sapho et de Moschus ; et une notice sur la vie et les œuvres de Sapho par Coupin. *Paris*, 1829, pet. in-fol. dem.-rel., mar., v. éb. *Figures au trait sur Chine*.

138. GOUJON (J.). Œuvres de J. Goujon gravé au trait

d'après ses statues et ses bas–reliefs; par Réveil, accompagné d'un texte explicatif. *Paris*, 1844, gr. in-8, rel. percal., fil. *Planches.*

139. Grose. Principes de caricatures, suivis d'un essai sur la peinture comique. *Paris, A.-A. Renouard,* 1802, gr. in-8, v. rac., dent., tr. dor. *Portrait de l'auteur en caricature.*

> Ouvrage singulier, avec 28 planches dessinées par l'auteur et gravées par Grohmann.—Bel exemplaire en beau pap. fort.

140. Histoire de la vie et passion de nostre Sauveur Jesus Christ. *Paris*, 1693, pet. in-fol., dem.-rel. *Titre gravé.*

> Livre de gravures copié du Nouveau-Testament, de Martin Vos, gravé par Wierix.—Le texte qui se trouve au bas de chaque page (*Reflexions sur les principaux mystères tirees de l'Escriture sainte*) est gravé par Lapointe.—Exemplaire de Deveria.

141. Hubert. Croquis d'après nature. Rec. in-4, obl. cart., de 72 paysages lithog.

142. Joseph (Flavius). Figures de la Bible. *Amst.*, 1698, in-8, parch.

143. King.(T.-H.). Choix de modèles, extraits de l'ouvrage intitulé : Orfévrerie et ouvrages en métal du moyen âge, représentés en plans, élévations, coupes et détails mesurés et dessinés d'après les anc. modèles. *Bruxelles*, 1857, gr. in-fol. cart.

144. Laborde (Cte de). Athènes aux xve, xvie et xviie siècles d'après des documents inédits. *Paris*, 1854, 2 vol. gr. in-8, br.

> Belle publication, enrichie de planches fac-simile, la plupart gravées à l'eau-forte.

145. Landon. Annales du musée, ou Recueil complet de gravures, d'après les tableaux des anciennes écoles italienne, allemande, hollandaise, etc. *Paris*, 1829. 27 t. en 14 vol. in-8, dem.-rel. non. rog. *Grand nombre de figures au trait.*

> Ecoles italiennes, 8 t.—Ecole flamande, 4 t.—Ecole française ancienne, 3 t.—Salon de 1808, 2 t. Salon de 1810.—Salon de 1812, 2 t.—Salon de 1822, 2 t.—Salon de 1824, 2 t.—Salon de 1827.—Galerie Massias et Guistiniani, 2 vol.

146. LANDON. Salon de 1810. *Paris*, 1810, in-8, bas. *Nombreuses planches au trait.*

147. LEMOINE (V.). Souvenirs de Vichy. Plan du parc, plans et élévations du bâtiment thermal, etc. *Paris*, 1828, in-fol. br. 16 *planches sur chine.*

148. LENOIR (A.). Musée des monuments français, ou Description hist. et chronol. des statues en marbre et en bronze, bas-reliefs et tombeaux des hommes et des femmes célèbres, p. s. à l'Histoire de France et à celle de l'Art. *Paris*, 1800-1821, 8 vol. in-8, dem.-rel.

Cet ouvrage important est accompagné de près de 300 planches, la plupart gravées au trait.

149. LENOIR (A.). Musée des monuments français. Recueil de portraits inédits des hommes et des femmes qui ont illustré la France sous différents règnes. *Paris*, 1809, in-8, dem.-rel. m. r., (t. Ier). *Portraits.*

150. MICHEL (A.). Keepsake de l'art en province. *Moulins*, in-8, br. *Très-belles gravures anglaises et texte encadré d'ornements.*

151. MILBERT (J.). A Series of picturesque views in North America. *Paris*, 1825, 3 liv. in-fol. 12 *planches.*

152. RECUEIL d'ornements de broderies, dessins composés vers 1750, en Allemagne; il est intitulé : *Die Künst- und Fleisz-übenden Nadel-Ergötzungen*, etc. In-fol. obl. cart. 54 *planches.*

Ces dessins sont très-variés.

153. RICHOUX (L.). Album des élèves de l'Ecole royale, spéciale militaire, ou Souvenirs de Saint-Cyr. *Paris*, 1829, in-fol., cart. 13 *planches sur chine.*

154. ROME. Nuova Raccolta delle principali vedute di Roma e suoi contorni, disegnate dal vero ed incise da G. Cottafavi. *Roma*, 1843, in-4 obl. 50 *planches.*

155. ROME. Nuova Raccolta di vedutine della città di Roma e sue vicinanze. Incise à bullino da D. Pronto. *Roma*, 2 t. en 1 vol. in-4, dem.-rel. 85 *planches représentant 170 vues de Rome ancienne et moderne.*

156. SCHNAASE. Geschichte der bildenden Künste im

Mittelalter. 6ᵗᵉʳ B. *Düsseldorf,* 1801, in-8, br. *Ce vol. est illust. de 107 fig. en bois, intercalées dans le texte.*

157. SMIDS (L.). Pictura loquens ; sive heroicarum tabularum had. Schoonebeeck narratio et explicatio. *Amst.,* 1695, in-12, v. m. *60 planches et frontispice, gravés à l'eau-forte par Schoonebeeck.*

158. TISSUS et broderies antiques. Anciennes étoffes de soie conservées au Louvre. In-fol., br. *8 planches chromolithographiées.*

159. VIES des Saints des familles, ou Abrégé de l'histoire des Pères et des Martyrs pour tous les jours de l'année. *Paris,* 1840, 2 vol. in-4, br. *Orné de 372 gravures d'après les plus grands maîtres.*

160. VUES DE ROME (98). *Roma,* 1830, in-8 obl.

161. VUES DU RHIN, d'après Tombleson, publ. par Fearnside. *Londres, s. d.,* 2 vol. in-8, dem.-rel. *Nombreuses gravures et cartes.*

162. WILLEMIN (N.-X.). Monuments français inédits pour servir à l'histoire des arts depuis le vɪᵉ siècle jusqu'au commencement du xvɪɪᵉ siècle. Choix de costumes civils et militaires, d'armes, armures, instruments de musique, etc., classés chronologiquement et accompagnés d'un texte historique et descriptif, par A. Pottier. *Paris, l'auteur,* 1839, 2 forts vol. in-fol., dem.-rel. mar. n.

La plupart des planches de ce bel ouvrage sont coloriées. —On a joint à notre exemplaire trois lettres autographes de M. Willemin, adressées à M. Sauvageot.

Monuments de France, d'Italie, d'Allemagne, d'Espagne, etc., etc,

163. ALBRIZZI (J.-B.). L'Etranger pleinement instruit des choses les plus rares et curieuses, anciennes et modernes de la ville de Venise et des isles à l'entour. *Venise,* 1771, fort vol. in-8, dem.-rel.

Vol. enrichi d'un grand nombre de figures représentant les monuments publics et autres curiosités de Venise.

164, DESCRIPTION des principaux ouvrages de peinture et sculpture de la ville d'Anvers. *Anvers*, 1774, in-12, br.

165. FOERSTER (E.). Munich. Manuel complet de l'étranger dans cette capitale ; avec des détails particuliers sur les monuments et les collections d'art qu'elle renferme. 1838, in-12, cart. (Précédé du Catalogue, avec prix, de la Pinacothèque ou collection des peintures les plus célèbres de la galerie royale à Munich.) *Figures et plan.*

166. FORESTIERE (il). Istrutto nelle cose più rare di architettura e di alcune pitture della città di Vicenza. *Vicenza*, 1804, in-8, dem.-rel., n. rog.

Avec toutes les planches, gravées à l'eau-forte, représentant les beaux monuments de Palladio.

167. GALERIE DE FLORENCE (la). *Basle*, 1798, in-8, br.

168. GILBERT (A.-P.-M.). Description historique de l'église cathédrale de N.-D. d'Amiens. *Amiens*, 1833, in-8, br. *Frontispice gravé.*

169. GUILBERT (l'abbé). Description hist. des château, bourg et forest de Fontainebleau. *Paris*, 1731, 2 vol. in-12, v. gr. *Planches.*

170. INDICAZIONE topografica di Roma antica distribuita nelle XIV regioni, dell' architetto C. Canina. *Roma*, 1841, in-8, cart. *Planches.*

171. ITALIE. 6 opuscules in-12, br.
Descrizione della pitture del Campo-Santo di Pisa. 1837. *Planches au trait.*—Description de l'Académie des Beaux-Arts de Florence, augm. d'un catalogue de tous les maîtres dont quelque ouvrage est indiqué dans ce livre. 1836.—Indicazione delle sculture e pitture che si travano al Campidoglio. 1840.—Galleria di quadri al Vaticano. (Part. 2, 3 et 4.) *Roma*, 1840.—Itinéraire instructif de Rome à Naples et à ses environs, tiré de celui de Vasi et de la Sicile. *Rome*, 1826. *Figures.*—Galerie impériale et royale de Florence. 1840. *Planche.*

172. JORIO (A. de). Indicazione del più rimarcabile in Napoli e contorni. *Napoli*, 1835, in-8, br. *Planches.*

173. LABORDE (Le comte de). Le Château du bois de

Boulogne, dit château de Madrid. *Paris*, 1855. in-8, br. *Papier vergé fort.*

N'a été tiré qu'à cent exemplaires numérotés. (N° 68.)

174. LEPAGE (H.). Le palais ducal de Nancy. *Nancy*, 1852, in-8, br. *Planche.*

175. NIBBY (A.) Itinerario di Roma e delle sue vicinanze. *Roma*, 1827, 2 vol. in-12, br. *Figures.*

176. OSSERVATOR FIORENTINO (l') sugli edifizj della sua patria. *Firenze*, 1821, 8 tomes en 4 vol. in-8, bas. rac., fil. *Plan* et *planches.*

177. RECUEIL de très-curieuses pièces sur les monuments publics de Paris. en 1 vol. in-8, br.

Notice sur l'arc de triomphe de l'Etoile. *Planche.*—Nouvelle Description de la place de la Concorde. *Figures.*—Embellissements de la place de la Concorde. Explication des statues qui la décorent. *Figuras.*—Plan du temple de la Concorde, par Davy-Chavigné. *Planches.*—Description de l'arc de triomphe de l'Etoile. *Figures.*—L'Obélisque de Louxor et son piédestal —Expédition du Louxor, ou relation de la campagne faite dans la Thébaïde pour en rapporter l'obélisque occidental de Thèbes, par Angelin. *Planches.*—Erection de l'obélisque, etc.

178. ROMA antica e moderna, osia nuova descrizione di tutti gl' edifici antichi e moderni, tanto sagri quanto profani della città di Roma. *Roma*, 1750, 9 tomes en 5 vol. in-8, parch.

Plus de 200 figures ornent cet ouvrage. —Notre exemplaire est interfolié de papier blanc, avec des notes additionnelles de Lelong, architecte.

179. ROSINI. Descrizione delle pitture del Campo-Santo di Pisa, coll' indicazione dei monumenti. *Pisa*, 1829, in-12, dem.-rel. *Figures au trait.*

180. SGRILLI (B. S.). Descrizione della regia villa, fontane, e fabbriche di Pratolnio, *Firenze*, 1742, in-fol., cart. 12 *grandes planches à l'eau-forte.*

181. THIÉRY. Guide des amateurs et des étrangers voyageurs à Paris. *Paris*, 1787, 2 vol. in-12, v. *Planches donnant les vues perspectives des principaux monuments.*

182. VASI (Marien). Itinéraire instructif de Rome an-

cienne et moderne, ou Description générale des monuments antiques et modernes, etc. *Rome*, 1807, 2 vol. in-12, dem.-rel. *Planches.*

183. VIOLLET-LE-DUC. Description du château de Pierrefonds. *Paris*, 1861, br., in-8. *Planches.*

ARTS DIVERS.

Ferronnerie.—Orfévrerie.—Céramique.— Pierres précieuses, etc.

184. BONNARDOT (A.). Essai sur l'art de restaurer les estampes et les livres, ou Traité des meilleurs procédés pour blanchir, détacher, décolorier, réparer et conserver les estampes, livres et dessins; 2ᵉ édition, refondue et augmentée, suivie d'un exposé de divers systèmes de reproduction des anciennes estampes et des livres. *Paris*, 1858. — De la Réparation des vieilles reliures. *Complément de l'Essai sur l'art de restaurer les estampes et les livres,* suivi d'une notice sur les moyens d'obtenir des duplicata de manuscrits, en 1 vol. in-12, dem.-rel., maroq.

185. BRARD (P.). Traité des pierres précieuses, des porphyres, granits, marbres, albâtres et autres roches propres à recevoir le poli et à orner les monuments publics et les édifices particuliers. *Paris*, 1808, 2 part. en 1 vol. in-8, dem.-rel. *Planches.*

186. CELLINI (B.). Traité de l'orfévrerie, trad. de l'italien, par E. Piot. In-8, dem.-rel., mar., r. *Figures.*
  Extrait du Cabinet de l'Amateur et de l'Antiquaire. — Tiré à petit nombre.

187. DIDOT (A. F.). Essai sur la typographie. *Paris*, 1855, in-8, br. *Planches.*

188. ENGEL. Idées sur le geste et l'action théâtrale. In-8, dem.-rel. *34 planches gravées par Copia.*

189. FAIENCE DE LYON. Une fabrique de faïence à Lyon, sous le règne de Henri II, par le comte de La Ferrière-Percy. *Paris*, 1862, in-8, cart.

190. MARRYAT (J.). A History of pottery and porcelain mediaeval and modern. *London*, 1857, in-8, rel., percal., n.-rog.

Bel et important ouvrage, édité avec soin, renfermant 240 figures de céramique dans le texte, dont quelques planches coloriées.—On y trouve aussi une table des marques et monogrammes de la manufacture de Sèvres et d'autres pays.

191. MÉNESTRIER (C. F.). Des Décorations funèbres, où il est amplement traité des tentures, des lumières, des mausolées, catafalques, etc. *Paris.* 1684, in-8, dem.-rel., d. et c., v. ant. *Figures en bois.*

Bel exemplaire.

192. SAINT-MAUR (Dupré de). Recherches sur la valeur des monnoies, et sur le prix des grains avant et après le concile de Francfort. *Paris*, 1762, in-12, v. mar. (*Avec la signature d'Anquetil Duperron sur le titre.*)

193. SERRURERIE DU MOYEN AGE. — Les Ferrures de portes, par Raymond Bordeaux. *Oxford*, 1858, petit in-4, cart. non rogné. *Nombreux dessins par H. Gerente et G. Bouet.*

194. VITRAUX (Opuscules sur les). 2 br. in-8.

Histoire et description des vitraux et des statues de l'intérieur de la cathédrale de Reims, par Tourneur. *Reims*, 1857. *Planches.* — Peinture sur verre au xix⁰ siècle. Les secrets de cet art sont-ils retrouvés ? par Bontemps. *Paris*, 1845.

195. ZIÉGLER (J.). Études céramiques. Recherche des principes du beau dans l'architecture, l'art céramique et la forme en général. *Paris*, 1850, in-8, br. *Figures dans le texte.*

Archéologie.

196. BARBERI (M. A.). Description d'une table en mosaïque exposée à Rome en 1823. *Paris, F. Didot*, 1824, gr. in-4, br. *Planche.* (*Envoi d'auteur.*)

197. BATISSIER (L.). Histoire de l'art monumental, dans l'antiquité et au moyen âge, suivie d'un traité de la peinture sur verre. *Paris, Furne*, 1845, gr. in-8, cart. non rog. *Figures intercalées dans le texte.*

198. Bonucci (Ch.). Pompéi ou Précis historique des excavations depuis l'année 1748 jusqu'à nos jours, trad. par C. J. *Naples*, 1828, in-8, br. *Planches*.

199. Bordeaux (R.). Principes d'archéologie pratique appliqués à l'entretien, la décoration et l'ameublement artistique des églises. *Caen*, 1852, in-8, dem.-rel. *Figures intercalées dans le texte*.

200. Bourassé (l'abbé J.-J). Archéologie chrétienne, ou Précis de l'hist. des monuments religieux du moyen-âge. *Tours*, 1844, in-8, dem.-rel. tr. dor. *Figures*.

201. Cardonnel (Adam de). Picturesque antiquities of Scotland, etched by A. de Cardonnel. *London*, 1793, in-8, cart.

Les Antiquités pittoresques d'Ecosse sont accompagnées d'une description historique brève et suffisante.

202. Cave (H.). Picturesque buildings and antiquities of York, drawn and etched by Cave with a hist. sketch. *London*, 1813, in-fol. cart. *Titre gravé et planches*.

203. Clarac (Comte de). Manuel de l'histoire de l'Art chez les anciens. *Paris*, 1847-49, 3 fort vol. gr. in-12, br.

1re partie : Description des musées de sculpture antique et moderne du Louvre.—2e partie : Catalogue chronologique des artistes, écrivains et personnages célèbres, etc — 3e partie : Catalogue des artistes de l'antiquité jusqu'à la fin du vie siècle de notre ère, etc.

204. Clarac (de). Sur la Statue antique de Vénus Victrix, découverte dans l'île de Milo en 1820, etc., et sur la statue antique connue sous le nom de l'Orateur, du Germanicus et d'un personnage romain en Mercure. *Paris, Didot*, 1821, in-4. *Planches*.

205. Comarmond (A.). Description de l'écrin d'une dame romaine trouvé à Lyon en 1841. *Lyon*, 1844, gr. in-8, dem.-rel. *Planches*.

206. Didron. Iconographie chrétienne. Histoire de Dieu. *Paris, I. R.*, 1843, in-4, cart. *Nombreuses figures dans le texte*.

207. Drouyn. Les Croix de procession, de cimetières

et de carrefours. *Bordeaux*, 1858, in-fol. de 16 pages de texte et 10 gr. *Planches gravées à l'eau-forte, représ. plus de 33 sujets.*

Cet ouvrage a été imprimé avec le plus grand soin par M. Gounouilhou pour l'Académie de Bordeaux; il n'a été tiré qu'à 200 exemplaires. La plus grande partie ayant été distribuée, il n'en a été mis qu'un petit nombre dans le commerce.

208. EMÉRIC-DAVID. Recherches sur l'art statuaire considéré chez les anciens et les modernes. *Paris*, 1805, in-8, dem.-rel. v. fauve.

209. FIALIN DE PERSIGNY. De la Destination et de l'utilité permanente des pyramides d'Egypte et de Nubie contre les irruptions sablonneuses du désert. *Paris*, 1845, in-8, br.

210. FLEURY (E.). Inventaire du trésor de la cathédrale de Laon en 1523. *Paris*, 1855, in-4, br. *Fac-simile.*

Exemplaire en papier vélin fort.

211. FORGEAIS (A.). Notice sur les plombs historiés trouvés dans la Seine. *Paris*, 1858, gr. in-8. br. *Nombreuses figures et médaillons dans le texte.*

212. GABNIER (le comte). Mémoire sur la valeur des monnaies de compte chez les peuples de l'antiquité. *Paris*, 1817. — DUPRÉ DE SAINT-MAUR. Essai sur les monnoies, ou Réflexions sur le rapport entre l'argent et les denrées. *Paris,* 1746, en 1 vol. in-4, dem.-rel.

213. GARRUCCI (R.). Les Mystères du syncrétisme phrygien dans les catacombes romaines de Prétextat. *Paris*, 1854, gr. in-4, br. *Figures.*

214. GUASCO (l'abbé de). De l'usage des statues chez les anciens. Essai historique. *Bruxelles*, 1768, in-4, dem.-rel. *14 planches.*

Ouvrage estimé et peu commun.

215. GREPPO. Notice sur des inscriptions antiques tirées de quelques tombeaux juifs à Rome. *Lyon*, 1835, br. in-8.

216. HAUDEBOURT (L.-P.). Le Laurentin, maison de campagne de Pline le Jeune, restituée d'après la descript.

de Pline. *Paris*, 1838, gr. in-8, cart. n. rog. *Figures sur chine, carte, plan et vue.*

217. Lacroix (P.). Histoire de l'orfévrerie-joaillerie et des anciennes communautés et confréries d'orfévres-joailliers de la France et de la Belgique, par P. Lacroix et F. Séré. *Paris*, 1850, gr. in-8, dem.-rel. *Nombreuses figures, dont quelques-unes en chromolithographie*

218. La Quérière (de). Recherches sur le cuir doré, anciennement appelé or basané, et description de plusieurs peintures appropriées à ce genre de décors. *Rouen*, 1830, in-8, dem.-rel. *Planche.*

219. Le Bas (Ph.). Monuments d'antiquités figurées, recueillis en Grèce par la commission de Morée. *Paris*, 1837, 2 vol. in-8, br. *Planches.*
1er cahier : Bas-reliefs du temple de Phigalie. — 2e cahier : Argolide et Laconie.

220. Lenormand (Ch.). Introduction à l'étude des vases peints. *Paris*, 1846, br. in-4. *Médailles dans le texte.* (1re partie.) *Envoi d'auteur.*

221. Le Roy (P.) Statuts et priviléges du corps des marchands orfévres-joailliers de la ville de Paris. *Paris*, 1759, in-4, v. gr.

222. Letronne. Explication d'une inscription grecque trouvée dans l'intérieur d'une statue antique de bronze, avec des observations sur quelques points de l'histoire de l'art chez les anciens. *Paris, imp. royale*, 1843, in-4, br. *Figures dans le texte.*

223. Letronne. Observations philologiques et archéologiques sur les noms des vases grecs, à l'occasion de l'ouvrage de M. Théodore Panofka. *Paris*, *I. R.*, 1833, in-4, br.

224. Luzarche (V.). La Chape de Saint-Maxime ou saint Mexme de Chinon. *Tours*, 1853, in-8°, br. (*gr. pap. vergé de Hollande*). *Planche.*

225. Martigny, chanoine de Belley. Des Anneaux chez

les premiers chrétiens et de l'anneau épiscopal en particulier. *Macon,* 1858, in-8, dem.-rel. veau. *Planche.*

226. M*azois*. Le Palais de Scaurus, ou Description d'une maison romaine. Fragment d'un voyage fait à Rome, vers la fin de la République, par Mérovir. *Paris*, 1819, in-8, dem.-rel.

227. M*illin* (A.). Descript. de la peinture d'un vase grec appartenant à S. M. l'impératrice. *Paris, Imp. royale*, 1805, in-4, br. *planches.*

228. M*illin* (A.-L.). Antiquités nationales, ou Recueil de monuments françois, tels que tombeaux, statues, vitraux, fresques, etc. *Paris*, 1792, 5 vol. in-4, dem.-rel. v. ant. *Grand nombre de figures.*

229. M*illin* (A.-L.). Monuments antiques inédits ou nouvellement expliqués. Collection de statues, bas-reliefs, bustes, mosaïqnes, gravures, etc. *Paris*, 1802, 3 vol. in-4. rel. *Nombreuses figures.*

230. M*illin* (A.-L.). Introductions à l'étude de l'archéologie, des pierres gravées et des médailles. Nouv. édit. avec une table analytique par B. de Roquefort; précédée d'une notice sur la vie et les ouvrages de l'auteur, par Dacier, et d'un discours préliminaire par Champollion–Figeac. *Paris*, 1826, in-8, dem.-rel. v. bl.

231. M*uller* (O.). Nouveau Manuel complet d'archéologie, trad. de l'all. par Nicard. *Paris*, 1841-42. 3 vol. in-12 et *atlas de planches*, in-4, obl., br.

232. N*iccolini* (Ant.). Quadro in musaico scoperto in Pompei a di 24 ottobre 1831, descritto ed esposto in alcune tavole dimostrative. *Napoli*, 1832, in-4, br., 11 *planches dont une coloriée.*

233. O*uin*-L*acroix* (Ch.). Histoire des anciennes corporations d'arts et métiers et des confréries religieuses de la capitale de la Normandie, *Rouen*, 1850, gr. in-8, br. *Planches d'armoiries, jetons,* etc.

234. Paserius (J.-B.). Lucernæ fictiles musei Passerii. *Pisauri*, 1739-51, 3 vol, in-fol. v. br. *Planches,*
Le t. III est rare et manque à beaucoup d'exemplaires.

235. Pouyard. Dissertazione sopra l'anteriorita del bacio de piedi de sommi pontefici all' introduz. della croce sulle loro scarpe o sandali e sopra le diverse forme colori ed ornati di questa parte del vestiaro ponteficio negli antichi monumenti sacri. *Roma*, 1807, in-4. *Planches.*—Brancadoro; lettera su la Dissertazione del G. Pouyard, etc., 1807, in-4 br.
Curieuses notes marginales.

236. Quatremère de Quincy. Lettres écrites de Londres à Rome, et adressées à Canova, sur les marbres d'Elgin, ou les sculptures du temple de Minerve à Athènes. *Rome*, 1818, gr. in-8, cart., n. rog.
Exemplaire en grand papier vélin.

237. Quicherat (J.). Notice sur l'album de Villard de Honnecourt, architecte du xiiie siècle. *Paris*, 1849, in-8, dem.-rel. m. r. *Planches.*

238. Revue archéologique, ou Recueil de documents et de mémoires relatifs à l'étude des monuments, à la numismatique et à la philologie de l'antiquité et du moyen âge. *Paris.* 1860, 2 vol. in-8, dem.-rel. (nouv. série, 1re année). *Planches.*

239. Ripa (C.). Iconologia, overo Descrittione di diverse imagini cavate dall' antichità, e di propria inventione. *In Roma*, 1603, in-4, v. gr. *Orné d'un grand nombre de curieuses figures gravées dans le texte.*

240. Saulcy (F. de). Histoire de l'art judaïque, tiré des textes sacrés et profanes. *Paris*, 1858, in-8, br.

241. Schoepflin. Museum Schœpflini. — Lapides, marmora, vasa. *Argentorati*, 1773, in-4, cart. *Planches.*

242. Thilorier. Examen critique des principaux groupes hiéroglyphiques. *Paris*, 1832, in-4, br.

243. Vermiglioli. Il Sepolcro dei Volunni scoperto in Perugia ed altri monumenti inediti estruschi e romani. *Perugia*, in-fol. br. *Planches.*

244. VISCONTI (E. Q.). OEuvres. Iconographie romaine. *Milan*, 1818, gr. in-4, br., tome 1er. *Portrait et planches.*

245. WARDEN (D, B.). Recherches sur les antiquités de l'Amérique septentrionale, *Paris*, 1827, in-4, br. *Planches.*

246. WINCKELMANN. Histoire de l'art chez les anciens, trad. de l'all., par Huber. *Paris*, 1789, 3 vol, in-8, bas. *Planches.*

247. WINCKELMANN. Histoire de l'art chez les anciens, trad. de l'allemand (par Hüber), avec des notes hist. et crit. de différents auteurs. *Paris, an II,* 1803, 3 vol. in-4, v. rac. *Planches.*

248. WINCKELMANN. Histoire de l'art chez les anciens, trad. de l'all., avec des notes hist. et critiques de différents auteurs. *Paris, Jansen, an II.* 1re et 2e part. du t. II, 2 vol. in-4, dem.-rel. v. ant. *Portrait et planches.*

249. WITTE (de). Description de la collection d'antiquités de M. le vicomte Beugnot. *Paris*, 1840, in-8, br.

250. WITTE (de). Description d'une collection de vases peints et bronzes antiques, provenant des fouilles de l'Etrurie. *Paris*, 1837, gr. in-8, br.

Biographie.

251. BARBET DE JOUY (H.). Les Della Robbia, sculpteurs en terre émaillée. Étude sur leurs travaux, suivie d'un catalogue de leur œuvre, fait en Italie en 1853. *Paris*, 1855, in-12, br. *Ex. en papier vergé fort.*

252. BELLIER DE LA CHAVIGNERIE (E.). Biographie et catalogue de l'œuvre du graveur Miger. *Paris*, 1856, in-8, br. *Portraits et fac-simile de son écriture.*

253. BELLIER DE LA CHAVIGNERIE. Recherches sur Louis

Licherie, peintre normand, membre de l'ancienne Académie royale de peinture et de sculpture (1629-1687). *Caen*, br. in-8.

254. Recherches sur mademoiselle Anne-Renée Strésor, membre de l'ancienne Académie royale de peinture et de sculpture (1651-1713). *Paris,* 1860, in-8. br. (*Tiré à 200 exempl.*).

255. BLANCHERIE (de la). Essai d'un tableau historique des peintres de l'école françoise, depuis J. Cousin, en 1500, jusqu'en 1783. *Paris,* 1783, in-4, br.

256. CALLET. Notice historique sur la vie artistique et les ouvrages de quelques architectes français du XVIᵉ siècle. *Paris,* 1843, gr. in-8, cart. à la Bradel. *Figures.*

257. CHAMPFLEURY. Essai sur la vie et l'œuvre des Lenain, peintres laonnois. *Laon,* 1850, in-8. dem.-rel., veau. *Portrait gravé à l'eau forte par Bouvin.*

Tiré à petit nombre. (*Rare.*)

258. CHAMPFLEURY. Les Peintres de Laon et de Saint-Quentin (de la Tour), *Paris,* 1855, in-8, br.

Sommaire : Les Débuts de La Tour dans la vie.— De la Critique au XVIIIᵉ siècle.—De La Tour peint par lui-même —De La Tour peint par Diderot.—Ses Rapports avec J.-J. Rousseau.—Musée de Saint-Quentin.—Testament du frère de l'auteur.—Ce qu'il faudrait inscrire sur sa tombe,—Catalogue des gravures d'après de La Tour.

259. CHENNEVIÈRES-POINTEL (de). Recherches sur la vie et les ouvrages de quelques peintres provinciaux de l'ancienne France. *Paris,* 1854, 3 vol. in-8, br. *Frontispices gravés.*

260. COMOLLI (A.). Bibliografia storico-critica dell'architettura civile ed arti subalterne. *Roma,* 1788-92, 4 vol. in-4, vél. (*Les deux derniers brochés.*)

261. DESCAMPS. Vie des peintres flamands et hollandais, réunie à celle des peintres italiens et français, par d'Argenville. *Marseille,* 1842, 5 vol. in-8, dem.-rel. mar. viol. *Portraits.*

262. DEZALLIER D'ARGENVILLE. Abrégé de la vie des

plus fameux peintres, avec leurs *portraits gravés en taille douce*, les indications de leurs principaux ouvrages... et la manière de connoître les dessins et les tableaux des grands maîtres. *Paris, de Bure*, 1762, 4 vol. in-8, v. mar.

263. FÉLIBIEN. Entretien sur les vies et sur les ouvrages des plus excellens peintres anciens et modernes; 2e édit. *Paris, Mabre-Cramoisy*, 1685, 2 vol. in-4, v. br.

264. FÉLIBIEN (A.). Entretiens sur les vies et sur les ouvrages des plus excellens peintres anciens et modernes. *Londres*, 1705, 4 vol. in-12, v. gr. *Frontispice gravé.*

265. FÉLIBIEN. Recueil historique de la vie et des ouvrages des plus célèbres architectes. *Amsterdam*, 1706, in-12, v. mar. *Front. gravé.*

Dans le même vol. et par le même auteur : *Conférences de l'Acad. royale de peinture et de sculpture. Amst.* 1706.

266. FÉLIBIEN. Entretiens sur les vies et sur les ouvrages des plus excellens peintres anciens et modernes ; avec la vie des architectes. Nouv. édit., rev. et augm. des conférences de l'acad. royale de Peinture et de sculpture; de l'idée du peintre parfait, des traitez de la miniature, des dessins, des estampes, de la connoissance des tableaux et du goût des nations, etc. *Trévoux, imp. de S. A. S.*, 1725, 6 vol. in-12, v. f. Enrichi de 2 *frontispices gravés*, l'un au premier tome, l'autre au second tome, et de plusieurs *planches.*

267. GEOFROY TORY, peintre et graveur, premier imprimeur royal, réformateur de la typographie sous François 1er, par Aug. Bernard. In-8, dem.-rel. v. fau. *avec 14 figures gravées en bois.*

268. HAUCHECORNE (l'abbé). Vie de Michel Ange Buonaroti, peintre, sculpteur et architecte de Florence. *Paris*, 1783, in-12, v. mar.

269. HÉDOUIN. Watteau. Essai sur la vie et les ou-

vrages de ce peintre, suivi du catalogue de ses tableaux, avec des renseignements inédits jusqu'à ce
jour. *Paris*, 1845, in-8, dem.-rel. veau. (*Rare*).

270. Huber. Notices générales des graveurs divisés par
nations, et des peintres rangés par écoles, précédées
de l'hist. de la gravure et de la peinture depuis l'origine de ces arts jusqu'à nos jours. *Dresde et Leipzig*,
1787, in-8, bas. *Frontispice gravé.*

271. Husson (F.). Eloge historique de Callot, noble
lorrain, célèbre graveur. *Bruxelles*. 1766, in-8, gr.
papier de Hollande, texte encadré. *Portrait-médaillon.*
(*Rare.*)

272. Jehan de Paris, varlet de chambre et peintre
ordinaire des rois Charles VIII et Louis XII, par
J. Renouvier; précédé d'une notice biographique sur
la vie et les ouvrages et de la bibliographie des œuvres
de M. Renouvier, par G. Duplessis. *Paris*, 1861, in-8.
Papier teinté, cart.

> Jolie publication, imprimée à Lyon, par L. Perrin. Orné d'une
> planche gravée en bois représentant Marie d'Angleterre.

273. Lecarpentier (C.). Galerie des peintres célèbres,
avec des remarques sur le genre de chaque maître.
Paris, 1821, 2 vol. in-8, dem.-rel. *Frontispice gravé
par Maleuvre d'après Lecarpentier.*

> Dans quelques-unes des biographies d'artistes, on remarquera
> avec plaisir d'intéressants et curieux paragraphes, mais particulière-
> ment dans celles des artistes français du siècle dernier.

274. Lenormant (Ch.). François Gérard, peintre d'histoire. — Essai de biographie et de critique. *Paris,*
1847, in-8, br. (*Ex. sur pap. vergé fort.*)

275. (Lépicié). Vie des premiers peintres du roi, depuis
Le Brun, jusqu'à présent. *Paris*, 1752, 2 t. en 1 vol.
in-12 gr.

276. Les grande Architectes français de la Renaissance, P. Lescot, Ph. de Lorme, J. Goujon, J. Bul-
lant, les Du Cerceau, les Metezeau, les Chambiges,
d'après de nombreux documents inédits des biblio-

thèques et des archives, par A Berty. *Paris*, 1860, petit in-8, dem.-rel.

277. Mazière de Monville. La Vie de Pierre Mignard. *Amst.*, 1731, in-12, br. *Joli portrait gravé par Philips.*

278. Mémoires inédits, sur la vie et les ouvrages des membres de l'Académie royale de peinture et de sculpture, publiés d'après les mss. conservés à l'Ecole impériale des Beaux-Arts, par Dussieux, E. Soulié, de Chennevières, etc. *Paris*, 1854, 2 vol. in-8, br.

279. Michel (J.-F-M.). Histoire de la vie de P.-P. Rubens, illustrée d'anecdotes qui n'ont jamais paru au public et de ses tableaux étalés dans les palais, églises et places publiques de l'Europe, etc. *Bruxelles*, 1771, in-8, br. *Portrait.*

N'est pas commun.

280. Montaiglon (Anat. de). Antoine Caron de Beauvais, peintre du xvi° siècle. *Paris*, 1850, in-8, dem.-rel. veau.

281. Monville (L'abbé de). La Vie de P. Mignard, premier peintre du roy, avec le poëme de Molière sur les peintures du Val-de-Grâce. Et deux dialogues de Fénelon sur la peinture. *Paris*, 1730, in-12, v. gr. *Portrait.*

282. Papillon de la Ferté. Extrait des différents ouvrages publiés sur la vie des peintres, *Paris*, 1776, 2 vol. in-8, v. mar.

283. Piles (de). Abrégé de la vie des peintres, avec des réflexions sur leurs ouvrages. *Paris*, 1715, in-12, v. m. *Frontispice gravé.*

284. — Abrégé de la vie des peintres avec des réflexions sur leurs ouvrages. *Amst. et Leipzig*, 1767, in-12, v. m. *Figures ajoutées.*

285. Pingeron. Vies des architectes anciens et modernes qui se sont rendus célèbres chez les différentes na-

tions. *Paris*, 1771, 2 vol. in-12, v. mar. *Charmante vignette en tête de l'épître dédicatoire.*

286. Poussin. Essai sur la vie et sur les tableaux du Poussin, par Cambry. *Paris, P, Didot, an VII*, in-8, Pap. de Holl.

287. Quatremère de Quincy. Canova et ses ouvrages, ou Mémoires historiques sur la vie et les travaux de ce célèbre artiste. *Paris*, 1834, in-8, gr. pap, vél., br.

288. — Histoire de la vie et des ouvrages de Raphaël. *Paris*, 1824, in-8, dem.-rel., pap. vergé. *Portrait sur chine et fac-simile de l'écriture de Raphaël.*

Dans le même vol., l'opuscule suivant du même auteur : *Considérations sur les arts du dessin en France. Paris*, 1791.

289. — Histoire de la vie et des ouvrages de Raphaël. *Paris*, 1833. *Portrait.* — Appendice à l'ouvrage intitulé : Hist. de la vie et des ouvrages de Raphaël, par Quatremère de Quincy ; publ. par Boucher Desnoyers. *Paris*, 1853. *Portrait et fac-simile.* Ens. 2 vol. in-8, br.

290. — Recueil de notices historiques. *Paris*, 1834, gr. in-8, br.

291. Quilliet (F.). Dictionnaire des peintres espagnols. *Paris*, 1816, in-8, rel.

292. Rude, sa vie, ses œuvres, son enseignement. Considérations sur la sculpture. *Paris*, 1856, in-8, br. *Portrait et 2 planches.*

293. Taillasson. Observations sur quelques grands peintres, avec un précis de leur vie. *Paris*, 1807, in-8.

294. Tarbé (P.). La Vie et les œuvres de Jean-Baptiste Pigalle, sculpteur. *Paris*, 1859, gr. in-8, br., pap. vergé fort.

295. Thiers. Vie de David, par A. Th. (Thiers). *Paris*, 1826, in-8, br.

296. Viardot (L.). Notices sur les principaux peintres de l'Espagne, ouvrage servant de texte aux gravures de la galerie Aguado. *Paris*, 1839, in-8, br.

Catalogues de Musées.
Descriptions de tableaux, d'estampes, etc.

297. BARTSCH (F. de). Catalogue des estampes de Adam de Bartsch. *Vienne*, 1818, in-8, br. *Portrait.*

298. BAUDICOUR (P. de). Le Peintre-graveur français continué, ou Catalogue raisonné des estampes gravées par les peintres et les dessinateurs de l'école française. *Paris*, 1859, in-8, br., (t. 1er). *Pap. vergé.*

299. CABINET VAN DEN ZANDE. Catalogue de la riche collection d'estampes et de dessins composant le cabinet de Van den Zande, rédigé par Guichardot. *Paris*, 1855, in-8, br.

300. CATALOGUE de la collection d'estampes anciennes provenant du cabinet de M. H. de L. *Paris*, 1856, in-8, br.

301. CATALOGUES DE TABLEAUX, estampes, etc., 10 br., in-8.

> Collections Girodet-Trioson.—Dumont de Frainays, par Lenoir.—David Jacoby.—Lebarbier.—Palais de Trianon.—Bataille de Francès Montval.—Louis David.—M. de Delessert.

302. CATALOGUE D'ESTAMPES, lithographies, tabatières, dessins, objets d'arts, pierres gravées, etc., 15 br. in-8.

> Baron de Percy.—De Karcher.—Langlès.—Ph. Dupuis, etc., etc.

303. CATALOGUE des Estampes d'après les maîtres d'Italie, de Flandres et de France, dont les planches appartiennent à l'Académie royale de peinture et de sculpture. *Paris*, 1788, br. in-8.

304. CATALOGUE des planches gravées composant le fonds de la chalcographie et dont les épreuves se vendent dans cet établissement au Musée national du Louvre. *Paris*, 1851, gr. in-4. br.

305. CATALOGUE des pierres gravées antiques du prince St. Poniatowski, précédé de quelques observations

sur l'art de la gravure en pierres chez les anciens. In-4, bas., v. *Titre gravé.*

306. CATALOGUE des tableaux de la galerie royale de Dresde. *Dresde*, 1826, in-8, br.

307. CATALOGUE des tableaux, esquisses, dessins et croquis de M. le baron Gros, peintre d'histoire. *Paris*, 1835, in-8, br.

308. CATALOGUE d'une riche et précieuse collection de tableaux des meilleurs et plus célèbres maîtres des écoles d'Italie, des Pays-Bas et de France, qui composent le cabinet de G.-F.-J. de Verhulst. *Bruxelles*, 1779, in-4, cart.

309. CATALOGUE général des portraits formant la collection de S. A. R. le duc d'Orléans. *Paris*, 1829, 4 vol. in-8, br. *Pap. vergé.*

310. CATALOGUE of the celebrated collection of works of art, from the byzantine period to that of Louis XVI, of Ralph Bernal. *London*, 1855, gr. in-8, rel. en percal. r. *Portrait et planches.*

311. CATALOGUE raisonné de la précieuse collection de dessins et d'estampes, au nombre de 30,000, formant le cabinet de Van Hulthem, délaissée par de Bremmaecker. *Gand*, 1846, fort vol. gr. in-8, br.

312. CATALOGUE raisonné du cabinet de feu M. Leoffroy de Saint-Yves, rédigé par Regnault, peintre et graveur. *Paris*, 1805, in-8, dem.-rel.
Suivi de la table des artistes et des prix.

313. CATALOGUE raisonné d'une collection de livres, pièces et documents, manuscrits et autographes relatifs aux arts de peinture, sculpture, gravure et architecture, réunis par J. Godde. *Paris*, 1850, in-8, dem.-rel.

314. CHABOUILLET. Catalogue général et raisonné des camées et pierres gravées de la Bibliothèque impériale. *Paris*, 1858, in-12, dem.-rel., mar. r.

315. CLAUSSIN (De). Supplément au catalogue de Rem-

brandt, suivi d'une description des estampes de ses élèves. *Paris*, 1828, in-8, br.

On y a joint une description des morceaux qui lui ont été faussement attribués et de ceux des meilleurs graveurs, d'après ses tableaux et dessins.

316. COLLECTION SOLTYKOFF. Catalogue des objets d'art et de haute curiosité composant la célèbre collection du prince Soltykoff. *Paris*, 1861, 2 part. in-8, br. *Planche.*

317. DENON (le baron). (Description des objets d'art qui composent le cabinet de). *Paris*, 1826, 3 vol. gr. in-8, br. (*Exemplaire sur papier de Hollande.*)

Estampes et ouvrages à figures, par Duchesne aîné. — Tableaux, dessins et miniatures, par Pérignon. — Monuments antiques, historiques, modernes ; ouvrages orientaux, etc., par Dubois.

318. DENON (Catalogue du cabinet de). Estampes et ouvrages à figures, par Duchesne aîné. *Paris*, 1826, in 8 cart., *pap. vergé.*

319. DESCRIPTION des antiquités et objets d'art qui composent le cabinet de M. E. Durand. *Paris*, 1836, gr. in-8, br. *pap. vergé.*

320. DUBOIS. Catalogue d'antiquités égyptiennes, grecques et romaines, sculptures modernes, émaux, etc., qui composent l'une des collections d'arts de feu L. Dufourny. *Paris*, 1849, in-8, br. *Portrait.*

321. DUBOIS (P.). Collection archéologique du prince P. Soltykoff. Horlogerie. *Paris*, 1858, in-4, dem.-rel. v. ant. *Planches.*

322. DUCHESNE aîné. Description des objets d'art qui composent le cabinet de feu le baron V. Denon. — Estampes et ouvrages à figures. *Paris*, 1826, in-8, dem.-rel., m. n. (*Pap. fort.*)

Avec une table des noms de peintres, graveurs et auteurs, et le supplément.

323. DUPLESSIS (G.). Catalogue de l'œuvre de Abraham Bosse. *Paris*, 1859, gr. in-8, dem.-rel. m. r.

Extrait de la *Revue universelle des arts.* — N'a été tiré qu'à 50 exemplaires.

324. ESTAMPES. Notice des estampes exposées à la Bibliothèque du roi: cont. des recherches hist. et critiques sur ces gravures et sur leurs auteurs. *Paris*, 1819, in-12, br.

325. GEORGE. Catalogue des tableaux de la galerie de feu S. Exc. le cardinal Fesch. *Rome*, 1844-1845, part. en 3 vol. in-8, dem.-rel. v. fau.

326. HUBER (M.), Catalogue raisonné du cabinet d'estampes de Winckler, cont. une collection des pièces anciennes et modernes de toutes les écoles, depuis l'origine de l'art de graver jusqu'à nos jours. *Leipzig*, 3 tomes en 5 forts vol. in-8, br. et rel.

T. I, en 2 part. : Ecole allemande; t. II, en 2 part. : Ecole italienne; t. III, en 2 part. : Ecole des Pays-Bas.—Ce dernier tome, publié par J. G. Stimmel, est avec prix manuscrits.

327. LABARTE (J.). Description des objets d'art qui composent la collection Debruge-Duménil, précédée d'une introduction historique. *Paris*, 1847, fort vol. gr. in-8, dem.-rel. v. bl.

328. LA SALLE (H. de). Catalogue de la collection d'estampes anciennes, choisies dans les écoles italienne, espagnole, allemande, flamande, hollandaise et française. *Paris*, 1856, gr. in-8, br.

Exemplaire en grand papier vélin fort, avec envoi d'auteur à M. Achille Déveria.

329. LÉPICIÉ. Catalogue raisonné des tableaux du roy, avec un abrégé de la vie des peintres. *Paris, I. R.*, 1752, 2 t. en 1 vol. in-4, br.

330. LONGPÉRIER (A. de). Notice des antiquités assyriennes, babyloniennes, perses, hébraïques, exposées dans les galeries du musée du Louvre. *Paris*, 1854, in-8, br. (*Papier vergé*). *Envoi d'auteur.* — Notice des monuments exposés dans la galerie d'antiquités assyriennes au musée du Louvre. *Paris*, 1849, in-12. *Envoi d'auteur.*

331. MECHEL (Ch. de). Catalogue des tableaux de la galerie impériale et royale de Vienne. *Basle*, 1784, in-8, dem.-rel, v. fau. *Planches.* (*Closs.*)

332. MENSAERT. Le Peintre amateur et curieux, ou Description générale des tableaux des plus habiles maîtres, qui font l'ornementation des églises, couvents, abbayes, prieurés et cabinets particuliers dans l'étendue des Pays-Bas autrichiens. *Bruxelles*, 1763, 2 part. en 1 vol. in-12, bas. *Frontispice gravé.*

Ouvrage rare et recherché; difficilement le trouve-t-on avec le frontispice allégorique à l'eau-forte.

333. MUSÉES. 3 opuscules in-12, br.

Le Musée royal de Madrid, par Clément de Ris. 1859.— The national Gallery; its pictures and their painters, with crit. remarks by Foggo. 1845. — Notice des tableaux exposés au musée d'Anvers. 1829.

334. MUSÉES. 4 opuscules in-12, br.

Musée royal de Belgique, peinture et sculpture. 1844 et 1847.— Catalogue des tableaux exposés au musée de la ville de Bruxelles. 1836.—Description des tableaux qui constituent le musée du royaume des Pays-Bas à Amsterdam, 1843.

335. MUSÉE WICAR. Catalogue de dessins et objets d'art, légués par J.-B. Wicard. *Lille*, 1856, in-8, br.

Exemplaire en grand papier vergé fort.

336. NIEUWENHYS (C.-J.) Description de la galerie des tableaux de Sa Majesté le roi des Pays-Bas, avec quelques remarques sur l'histoire des peintres et sur les progrès de l'art. *Bruxelles*, 1843, gr. in-8.-br. pap. vélin fort.

337. PASSALACQUA. Catalogue raisonné et historique des antiquités découvertes en Egypte. *Paris*, 1826, in-8, dem.-rel. v. v. *Fac-simile.*

Ouvrage estimé et peu commun.

338. REGNAULT. Catalogue d'une nombreuse collection d'estampes et dessins de grands maîtres, après le décès de M° Alibert. *Paris*, 1803, in-8, v. ant. fil. tr. dor. (*Bel exemplaire.*)

339. REGNAULT. Catalogue raisonné d'un choix précieux de dessins, et d'une nombreuse et riche collection d'estampes, livres à figures, sciences et arts, tableaux, etc. *Paris, an VI*, in-8, br.

340. REGNAULT-DELALANDE. Catalogue d'une collection nombreuse d'estampes anciennes et modernes, livres à figures et sur les arts, tableaux et dessins du cabinet du comte V. P. (Potowcki). *Paris*, 1820, in-8, v. fau. fil. t. dor. (*Rare*).

Très-bel exemplaire avec les tables des matières et des prix de vente.

341. LE MÊME, broché.

342. — Catalogue raisonné d'estampes de peintres et graveurs célèbres, etc., du cabinet de M. Prevost, dessinateur et graveur. *Paris*, 1809, in-8, br.

343. — Catalogue raisonné des estampes du cabinet de M. Rossi de Marseille. *Paris*, 1822, in-8, br. (*Prix.*)

344. — Catalogue raisonné de gouaches et de dessins, du cabinet de M. Bruun-Neergaard. *Paris*, *s. d.* — Catalogue de dessins, gouaches et aquarelles des grands maîtres des trois écoles, composant le cabinet de Regnault-Delalande. *Paris*, 1825, 2 vol. in-8, br.

345. RIGOLLOT (le docteur). Catalogue de l'œuvre de Léonard de Vinci. *Paris*, 1849, in-8, br. *Figure.*

Avec deux lettres autographes du dr Rigollot sur le dessin (1814).

346. ROBINSON (J.-C.). Catalogue of the Soulages collection. *London*, 1856, gr. in-8, rel. en percal. fil.

347. ROUGÉ (É. de). Notice des monuments exposés dans la galerie d'antiquités égyptiennes au musée du Louvre. *Paris*, 1849, in-8, br., papier vergé fort.

348. SAINT-GELAIS (D. de). Description des tableaux du Palais-Royal, avec la vie des peintres à la tête de leurs ouvrages. *Paris*, 1727, in-12, v. gr.

349. VATOUT (J.). Notices historiques sur les tableaux de la galerie de S. A. R. le duc d'Orléans. *Paris*, 1825-26, 4 vol. in-8, br.

350. VENTE du cabinet de feu le chevalier E. Durand

(antiquités). *Paris*, 1836, fort vol., gr. in-8, br. *Planches*. (Papier vergé fort.)

351. VILLOT (F.). Notice des tableaux exposés dans les galeries du musée national du Louvre. *Paris*, 1852-55, 3 vol. in-8, br.

1re partie : Ecoles d'Italie et d'Espagne; 2° partie : Ecole allemande, flamande et hollandaise; école française.—*Exemplaire sur gr. papier vergé de Hollande.*

352. WAGEN. Verzeichniss der Gemälde-Sammlung des königl. Museums zu Berlin. *Berlin*, 1833, in-8, br. (*mit einem vollkom. Register*).

353. WALPOLE (H.). A Catalogue of the classic contents of Strawberry hill. In-4, cart. *Portrait sur chine et figures dans le texte.*

Belles-Lettres.

354. BACHAUMONT. Mémoires secrets pour servir à l'hist. de la république des lettres en France. *Londres*, 1777, 34 vol. in-12, rel. (*Manquent les t.* I *et* II.)

355. BERTRAND (L.). Gaspard de la nuit. Fantaisies à la manière de Rembrandt et de Callot. *Angers*, 1842, in-8, br.

356. LA FONTAINE (J. de). Contes et nouvelles. *Paris, Tourneisen*, 1808, 2 vol. in-8, dem.-rel. m. rou. *Figures de Longueil et autres, coloriées.*

357. LA FONTAINE (J. de). Fables choisies. *Bouillon*, 1776, 4 vol. in-8, v. mar. *Nombreuses figures de Bertin, Savart, etc.*

358. LAGAUSIE. Le Pindare thébain, trad. mêlée de vers et de prose. *Paris*, 1626, in-8. v. mar. *Figures.*

359. LECOMTE (J.). Histoire d'un modèle. *Paris*, 1855, in-12, dem.-rel., tr. dor.

360. MALHERBE. Les Poésies de Malherbe ; avec les observations de M. Ménage. *Paris*, 1666, in-8, v. gr.

361. POUSSIN (N.). Collection des lettres de Nicolas Poussin. *Paris, F. Didot,* 1824, in-8, dem.-rel.

362. SAINTE-MARTHE (de). Les Lettres de F. Rabelais escrites pendant son voyage en Italie, nouvel. mises en lumière, avec des observations hist., par de Sainte-Marthe. *Brusselles,* 1710, in-12, br. *Portrait.*

DIVISION DU CATALOGUE.

PARIS.— IMPRIMÉ CHEZ BONAVENTURE ET DUCESSOIS,
55, quai des Augustins.